我是全世界最可愛的貓咪

谷柑回家

Here I come to you

文：谷柑　圖：Poppy Li

當我睜開眼睛，
眼前是灰灰，糊糊的，
就像身邊躺著的
灰妹妹一樣。

她的眼睛還打不開，
我已經看到這個世界。

第一個家

第二個男人，第二個家。

我想起小男孩前一天畫了我，
　　我很好看，只有我們知道。

有時候有飯吃，
有時候沒有，
喵喵叫的時候，
沒有人對我笑，
有人會生氣。

我的天都是黑的，
我不知道怎麼辦。

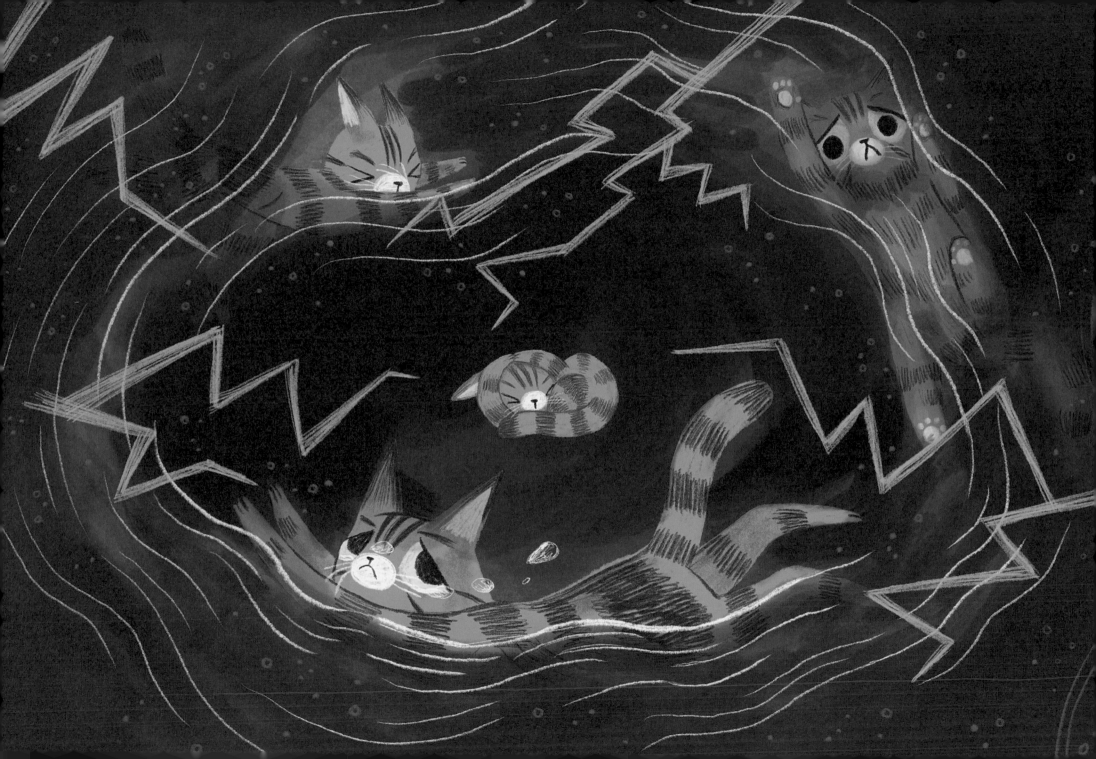

颱風起來了。

白貓咪要我走出去，她說不出去會死掉，
會找不到媽媽回不了家。
家？媽媽？我有家要回？

外面的天空好大好亮，我幾乎不敢走，
白貓咪在前面陪我，
她要我去找媽媽。

我沒有看過媽媽，媽媽很大嗎？
跟我一樣的顏色嗎？

白貓咪不見了。

阿姨不是媽媽，她讓我蹭蹭，
可是笑一笑就走了。
兇貓咪說：那不是你媽媽。
我好像只能繼續走⋯⋯

媽媽你在哪裡？

一直走，我一直走，
有時候坐下來趴著睡著也不知道過了多久。

颳風起來了的感覺又出現了，
這樣颳風可以颳到媽媽旁邊嗎？

有一天，

一個阿姨在房間打掃，

她看到我就叫出來了。

我被嚇到了，然後我知道，

她會叫我媽媽來。

大家都在找家，大家都需要家，

大家的家都長得不一樣，都是好的。

媽媽親親我，說我好帥、好好看。
她說以後不叫我茂谷柑了，
要叫我，谷柑。

媽媽滿臉都是笑，
媽媽說，
谷柑是全世界最特別、
最可愛的貓咪。

我是谷柑，我是全世界最可愛的貓咪，我回家了。

我是全世界最可愛的貓咪—— 谷柑回家
文字版故事

* 第一眼

當我睜開眼睛，眼前是灰灰、糊糊的，就像身邊躺著的灰妹妹一樣。

她的眼睛還打不開，我已經看到這個世界。我輕輕叫她、舔舔她，她一直睡覺，沒有說話。

灰妹妹跟我長得一樣喔，只是她是灰色的，我是好看的黃色。

* 第一個主人

我跟妹妹住在格子裡，小小的，我們也還小小的。

有一天，有個男人來，抱我給一個小男孩看。小男孩害羞笑了，我不知道要說什麼。

男人說我是禮物，以後要陪小男孩長大。灰妹妹再見。

* 第一個家

我喜歡看著小男孩畫畫，拿著筆亂塗卻很專心的樣子。

他要我跟他一起唱歌，他會陪我玩，他喊我是喵咪，不是貓咪。

那些時候，我很開心。

* 第二個男人，第二個家

小男孩不知道怎麼了，他都躺在床上，不能找我了。

小男孩跟我說：喵咪再見。他不能哭，他旁邊的男人跟他說：男生應該勇敢。

可是小男孩心裡在哭，身體也是。

一個瘦瘦高高、戴著眼鏡的男人把我帶走了，我不會笑了。

我想起小男孩前一天畫了我，我很好看，只有我們知道！

* 不一樣的生活

在那裡，是不一樣的味道。

有時候有飯吃，有時候沒有。喵喵叫的時候，沒有人對我笑，有人會生氣。

沒有抱抱跟溫柔的摸摸了，沒有飯吃的時候更多了。

我的肚子很餓，廁所很髒。大聲叫跟輕輕叫都不可以了。

我的天都是黑的，我不知道怎麼辦。

* 會死掉嗎

肚子空空的沒有力氣，叫也沒有力氣。

我想起小男孩，想起他畫得很好看的我。

用力喵嗚一聲，我很用力站起來，去蹭蹭、撒嬌、搖尾巴，

以為會跟以前一樣，會有人說喵咪好可愛，可能會有飯。

沒有。沒有。沒有。

天更黑了。肚子好空。

我被用力抓起來，裝在黑黑的地方，吸進嘴巴裡的味道很奇怪，沒有自由的風，嘴巴很乾。

沒有辦法叫了。

* 飄起來了

沒有辦法叫，沒有辦法動，很像是在睡覺，也像是沒睡著，飄起來的感覺，我有一點害怕。

* 逃出去

黃黃的虎爺飄過去，白白的貓咪敲了窗戶，

我有看到，也有聽到，可是我還在飄。

白貓咪要我走過去，她說：來，我們出去，不出去會死掉，會找不到媽媽，回不了家。

我聽不太懂。家？媽媽？我有家要回？媽媽？

* 見世面

窗戶打開了！

外面的天空好大好亮，我幾乎不敢走，

白貓咪在前面陪我，她要我去找媽媽，

我沒有看過媽媽，媽媽很大嗎？跟我一樣的顏色嗎？

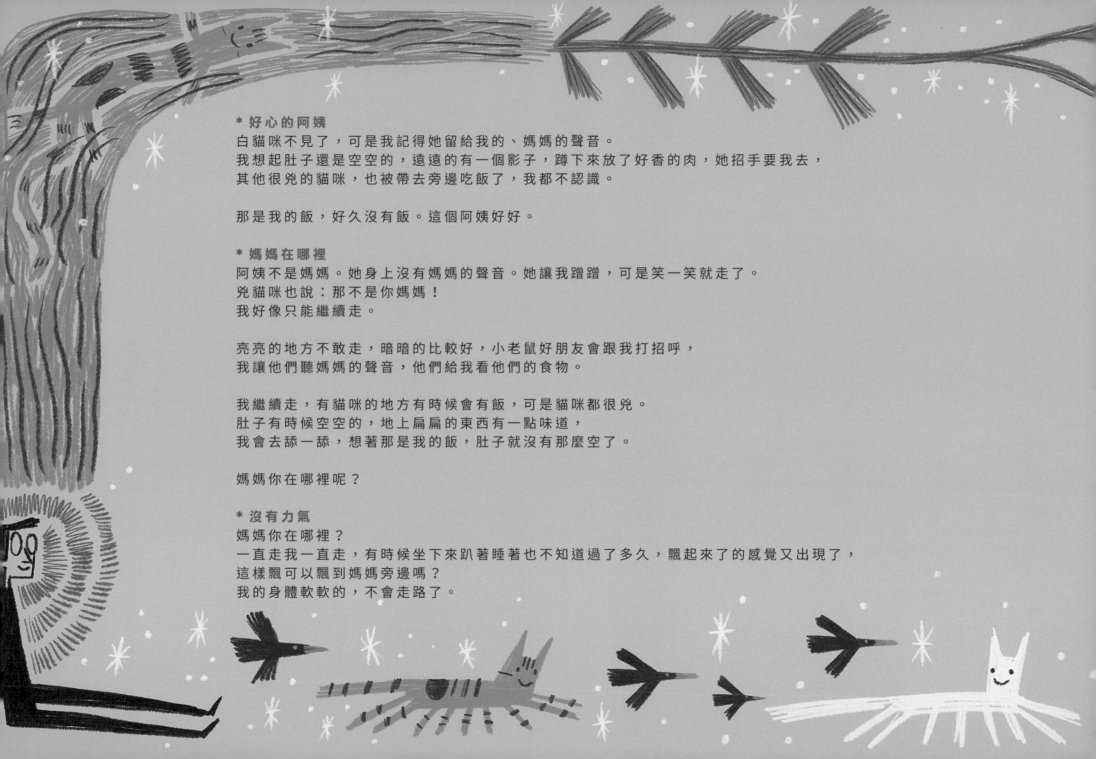

* 好心的阿姨
白貓咪不見了，可是我記得她留給我的、媽媽的聲音。
我想起肚子還是空空的，遠遠的有一個影子，蹲下來放了好香的肉，她招手要我去，
其他很兇的貓咪，也被帶去旁邊吃飯了，我都不認識。

那是我的飯，好久沒有飯。這個阿姨好好。

* 媽媽在哪裡
阿姨不是媽媽。她身上沒有媽媽的聲音。她讓我蹭蹭，可是笑一笑就走了。
兇貓咪也說：那不是你媽媽！
我好像只能繼續走。

亮亮的地方不敢走，暗暗的比較好，小老鼠好朋友會跟我打招呼，
我讓他們聽媽媽的聲音，他們給我看他們的食物。

我繼續走，有貓咪的地方有時候會有飯，可是貓咪都很兇。
肚子有時候空空的，地上扁扁的東西有一點味道，
我會去舔一舔，想著那是我的飯，肚子就沒有那麼空了。

媽媽你在哪裡呢？

* 沒有力氣
媽媽你在哪裡？
一直走我一直走，有時候坐下來趴著睡著也不知道過了多久，飄起來了的感覺又出現了，
這樣飄可以飄到媽媽旁邊嗎？
我的身體軟軟的，不會走路了。

* 新的地方
有人叫著貓咪，依然不是喵咪。我好像睡著了，有人來抱我。
我到了一個有好多貓咪的地方。這裡，是家嗎？

* 新名字
這裡有好多阿姨跟姊姊，還有獸醫叔叔，他們都很好，可是都沒有媽媽的聲音。
她們喜歡我，說我頭大大，叫我茂谷柑。

有一天，一個阿姨在房間裡打掃，她看到我就叫出來了。
我被嚇到了，然後我知道，她會叫我媽媽來，我聽到媽媽的聲音在阿姨的口袋裡。

* 媽媽來了
那一天，媽媽來了，在我低頭喝水的時候，媽媽小小聲跟我打招呼，
聽到媽媽的聲音，我又嚇到了，我好開心，這是驚喜，媽媽來了。
我大聲叫了出來：媽媽！

媽媽離開後，我就一直唱歌，唱媽媽的聲音，媽媽的歌。
旁邊的籠子有個貓奶奶恭喜我找到媽媽，但也有貓咪好冷淡，
我相信媽媽，媽媽會再來，就會帶我回家，
我繼續唱歌，唱媽媽的歌。

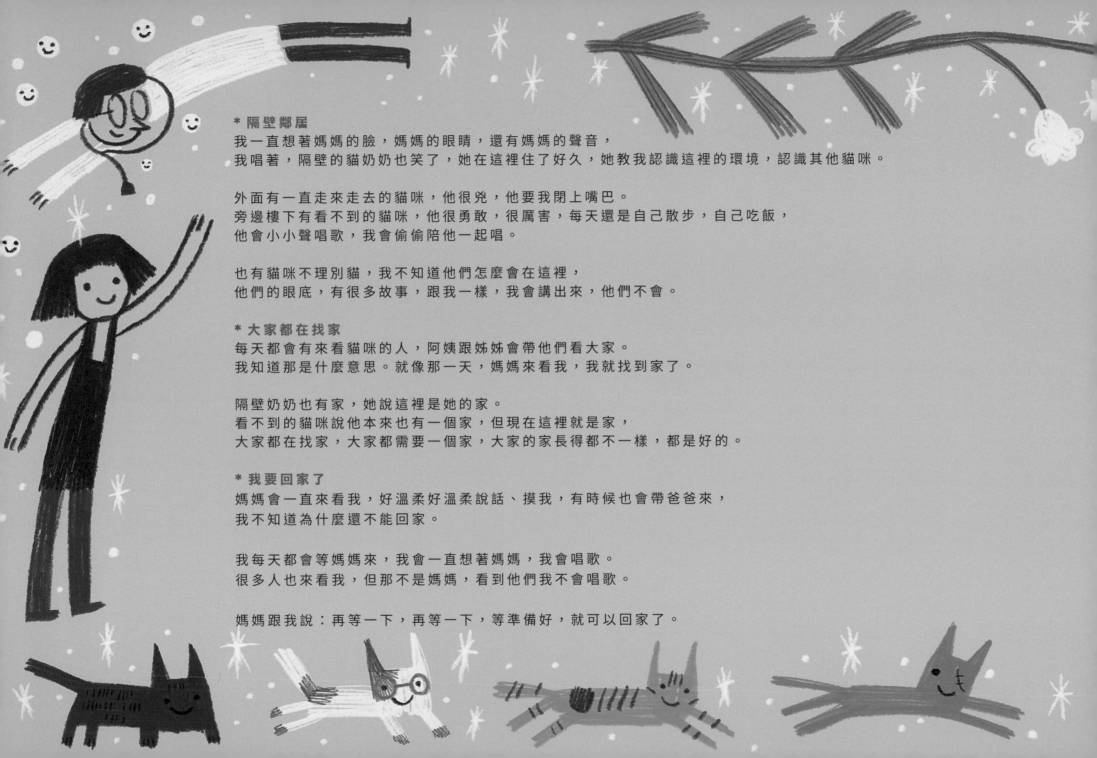

* 隔壁鄰居
我一直想著媽媽的臉，媽媽的眼睛，還有媽媽的聲音，
我唱著，隔壁的貓奶奶也笑了，她在這裡住了好久，她教我認識這裡的環境，認識其他貓咪。

外面有一直走來走去的貓咪，他很兇，他要我閉上嘴巴。
旁邊樓下有看不到的貓咪，他很勇敢，很厲害，每天還是自己散步，自己吃飯，
他會小小聲唱歌，我會偷偷陪他一起唱。

也有貓咪不理別貓，我不知道他們怎麼會在這裡，
他們的眼底，有很多故事，跟我一樣，我會講出來，他們不會。

* 大家都在找家
每天都會有來看貓咪的人，阿姨跟姊姊會帶他們看大家。
我知道那是什麼意思。就像那一天，媽媽來看我，我就找到家了。

隔壁奶奶也有家，她說這裡是她的家。
看不到的貓咪說他本來也有一個家，但現在這裡就是家，
大家都在找家，大家都需要一個家，大家的家長得都不一樣，都是好的。

* 我要回家了
媽媽會一直來看我，好溫柔好溫柔說話、摸我，有時候也會帶爸爸來，
我不知道為什麼還不能回家。

我每天都會等媽媽來，我會一直想著媽媽，我會唱歌。
很多人也來看我，但那不是媽媽，看到他們我不會唱歌。

媽媽跟我說：再等一下，再等一下，等準備好，就可以回家了。

我有點急，為什麼還不能回家呢。

我打了針，做了很多身體檢查，因為媽媽跟阿姨都說我跑步會喘，她們很緊張，
其實只是太興奮了吧，因為找到媽媽了，要回家了啊。

阿姨讓我洗了澡，還剪了毛，我覺得自己好像又變得很好看了。
大家都說我好好看也好健康。

我真的又好看了嗎？媽媽親親我，說我好帥、好好看，
她說以後不叫我茂谷柑了，要叫我：谷柑。

媽媽滿臉都是笑，
媽媽說：谷柑是全世界最特別最可愛的貓咪。
她說我是最美好的禮物，媽媽是我的禮物。

你們知道嗎？
媽媽很亮，媽媽看到我的那一天，我的天空就亮了。
你們有看過從天黑到天亮到那個瞬間嗎？
就是那個瞬間，那種很有希望很亮的開心感覺哦！

我是谷柑，我是全世界最可愛的貓咪，
我回家了。

作者簡介 谷柑

現居淡水河畔，會寫詩的貓咪。

曾經流浪，過程中意外卡在屋頂上，被消防隊救援到臺北市流浪貓保護協會，

進而找到了最愛的媽媽，找到了家。

著有詩集：《愛，是為你寫一首詩》

谷柑表示

這是我的故事。

我想了好久，該不該講出來呢？

這不是那麼快樂的事，不是好聽的事，說出來，我有點怕怕的，

心裡有點緊緊的，覺得痛痛的。我也不想要媽媽痛痛。

可是，媽媽愛我，她是我的全部，而且媽媽抱著我的全部。

慢慢的，我知道什麼是愛了，我覺得可以勇敢了，好像不會怕了，

想到那些痛痛的也不會刺刺的了。

所以我小小聲先說一點，再說一點，一點一點都是谷柑，

最後一點一點黑黑都透明了，谷柑的心就亮了。

我想要大家聽到我的故事，讓大家知道什麼是愛，而且我也想要大家都去愛，都愛。

愛會讓人勇敢喔，愛也會讓人快樂，愛可以小小的也可以好大，

所以現在大家看到谷柑的故事了。

Poppy Li 繪者簡介

現居英國倫敦，畫插畫的人類。

一位自學的插畫家和繪本藝術家，

著迷於歐洲的藝術文化，

修習劇場藝術畢業後，即一人出發至倫敦。

2021年入圍波隆納「兒童觀眾」展覽。

Poppy表示

谷柑的故事像是一罐由陶器裝起來的茶葉，它不是透明的玻璃罐，無法對罐中的故事一探究竟，
需要開啟蓋子，迎接茶葉香氣，沖下滾熱的水，在時間的流動下，我和谷柑才能一起完成這杯茶。

在閱讀谷柑充滿滋味的文字後，很多畫面一湧而上，透過貓咪視角，讓我有機會用另一雙眼睛
來探索谷柑的貓生。

在谷柑的故事中，有許多奇妙的情節發生，我用人類腦袋或許想不明白，

但在一筆一畫完成圖像之後，常常會有「原來是這樣子啊！」的感受。

我是全世界最可愛的貓咪 —— 谷柑回家

Here I come to you

作　　者　　谷柑、Poppy Li
責任編輯　　王斯韻
美術設計　　Zoey Yang
行銷企劃　　洪雅珊

發 行 人　　何飛鵬
總 經 理　　李淑霞
社　　長　　張淑真
總 編 輯　　許貝羚
副 總 編　　王斯韻

出版　　城邦文化事業股份有限公司 麥浩斯出版
地址　　104 台北市民生東路二段 141 號 8 樓
電話　　02-2500-7578
發行　　英屬蓋曼群島商家庭傳媒股份有限公司城邦分公司
地址　　104 台北市民生東路二段 141 號 2 樓
讀者服務電話　　0800-020-299（9：30 AM ～ 12：00 PM；01：30 PM ～ 05：00 PM）
讀者服務傳真　　02-2517-0999
讀者服務信箱　　E-mail：csc@cite.com.tw
劃撥帳號　　19833516

戶　名　　英屬蓋曼群島商家庭傳媒股份有限公司城邦分公司
香港發行　　城邦〈香港〉出版集團有限公司
地址　　香港灣仔駱克道 193 號東超商業中心 1 樓
電話　　852-2508-6231
傳真　　852-2578-9337

馬新發行　　城邦〈馬新〉出版集團 Cite(M) Sdn. Bhd.(458372U)
地址　　41, Jalan Radin Anum, Bandar Baru Sri Petaling, 57000 Kuala Lumpur, Malaysia
電話　　603-90578822
傳真　　603-90576622

製版印刷　　凱林印刷事業股份有限公司
總經銷　　聯合發行股份有限公司
地址　　新北市新店區寶橋路 235 巷 6 弄 6 號 2 樓
電話　　02-2917-8022
傳真　　02-2915-6275

Printed in Taiwan

初版 3 刷　2024 年 4 月
新台幣 420 元 港幣 140 元
ISBN 978-986-408-756-3